TOUrne-pierre

Le pays sans musique

Angèle Delaunois ━━━✦━━━ Pierre Houde

LE PAYS SANS MUSIQUE
Direction éditoriale : Angèle Delaunois
Direction artistique : Gérard Frischeteau
Édition électronique : Conception Grafikar
Révision linguistique : Marie-Eve Guimont

©2005 : Angèle Delaunois et Pierre Houde et les Éditions de l'Isatis

Dépôt légal : 2e trimestre 2005
Bibliothèque nationale du Québec
Bibliothèque nationale du Canada
Éditions de l'Isatis inc.
ISBN 10 : 2-923234-04-9
ISBN 13 : 978-2-923234-04-5 (réimpression)

ÉDITIONS DE L'ISATIS
4829, avenue Victoria, MONTRÉAL Qc H3W 2M9
Courriel : editions_delisatis@hotmail.com
Imprimé au Canada. Distributeur au Canada : Diffusion du livre Mirabel

Catalogage avant publication de la Bibliothèque nationale du Canada

Delaunois, Angèle
       Le pays sans musique
       (Tourne-pierre ; n° 2)
       Pour enfants de 4 ans et plus.
       ISBN 2-923234-04-9
       I. Houde, Pierre, 1957-   . II. Titre. III. Collection.

PS8557.E433P39 2005   jC843'.54   C2005-940447-7
PS9557.E433P39 2005

 SODEC Québec ⚜ Nous remercions le Gouvernement du Québec
Programme de crédit d'impôt pour l'édition de livres – Gestion SODEC

Tous nos remerciements à Madame Jeanne D'Arc Matar qui a traduit en arabe le poème
de la page 28 qu'on retrouve sous forme de rubans sur la couverture.

Fiche d'activités pédagogiques téléchargeable
gratuitement depuis le site www.editionsdelisatis.com

ENCRES SANS
C.O.V.

FSC
Sources Mixtes
Groupe de produits issus de forêts
bien gérées, de sources contrôlées
et de bois ou fibres recyclés.
Cert no. SGS-COC-003342
www.fsc.org
© 1996 Forest Stewardship Council

À ma fille qui chante si bien,
en espérant que jamais personne
ne l'empêchera de chanter.

A.D.

À ma mère.

P.H.

Il était une fois, dans un pays très, très lointain, un sultan sévère et grave qui ne souriait jamais.

Il aimait le silence et il détestait plus que tout la musique qu'il trouvait légère et frivole et qui, selon lui, empêchait les gens de réfléchir et de travailler comme il faut. Sur un grand parchemin précieux, il avait écrit une loi interdisant à ses sujets de chanter et de jouer des mélodies.

ans le royaume, personne n'osait désobéir car les colères du sultan étaient terribles. Les mères ne chantaient plus de berceuses pour endormir leurs enfants. Les musiciens étaient au chômage et mendiaient dans les rues. Personne ne dansait aux mariages. Personne ne pleurait aux enterrements. Et les amoureux n'osaient plus fredonner pour exprimer leur amour.

Tout cela était bien triste !

Après quelques années de règne, le sultan décida de visiter son royaume afin de vérifier si sa loi était bien respectée. Caché sous un déguisement de marchand, il sortit de son palais par une petite porte secrète, sans rien dire à personne.

Au début de son voyage, il fut très satisfait. Partout où il passait, il voyait des artisans penchés sur leur travail, des élèves plongés dans leurs cahiers d'école et des paysans courbés dans leurs champs. Personne n'avait l'air de perdre son temps.

Sur le chemin du retour, alors qu'il se reposait sous un arbre, à l'heure la plus chaude de la journée, il entendit un trille insolent, juste au-dessus de lui. C'était un merle qui sautillait de branche en branche.

— Que fais-tu là ? tonna le sultan.

— Tu le vois bien, marchand, je chante !

— Et pourquoi chantes-tu ?

— Parce que je suis content. Il fait beau, le ciel est d'un bleu épatant et
je viens juste de faire un délicieux festin de mouches et de vers de terre.

— Mais ne sais-tu pas que le sultan a interdit la musique dans tout le royaume ?

— Le sultan le plus puissant du monde ne pourra jamais empêcher un merle
joyeux de chanter, gazouilla l'oiseau.

— Prends garde ! Il pourrait te clore le bec et te mettre en cage.

— Peut-être ! Mais auparavant, il faudrait qu'il m'attrape et je connais le ciel
beaucoup mieux que lui, répliqua le merle.

Et il s'envola vers le soleil en trillant de plus belle.

« Bah ! se dit le sultan, ce n'est qu'un oiseau. »
Et il continua sa route.

Le sultan marcha longtemps. Alors qu'il grimpait un chemin escarpé, il entendit tout à coup un hurlement étrange qui montait, descendait en gammes et se perdait en échos dans la montagne. Il pressa le pas pour voir de quoi il s'agissait et se trouva, bientôt, nez à nez avec un loup.

— Que fais-tu là ? tonna le sultan.

— Tu le vois bien, marchand, je chante !

— Et pourquoi chantes-tu ?

— Je chante parce que je suis triste. Je suis vieux et je vis tout seul sur cette montagne. Alors mon chant me console et me tient compagnie.

— Mais ne sais-tu pas que le sultan a interdit la musique dans tout le royaume ?

— Le sultan le plus puissant du monde ne pourra jamais empêcher un loup triste de chanter, gémit l'animal.

— Prends garde ! Il pourrait te capturer et te couper la langue.

— Peut-être ! Mais auparavant il faudrait qu'il me trouve et je connais la montagne beaucoup mieux que lui, répliqua le loup.

Et en quelques bonds, il disparut dans les fourrés en hurlant de plus belle.

« Bah ! se dit le sultan. Ce n'est qu'un vieux loup solitaire. »
Et il continua son chemin.

Au soir tombant, le sultan arriva dans une forêt. Alors qu'il cherchait un endroit confortable pour passer la nuit, il entendit un curieux bruit de glouglous… qui ressemblait fort à une mélodie. C'était un petit ruisseau qui cascadait et bouillonnait entre les pierres couvertes de mousse.

— Que fais-tu là ? tonna le sultan.

— Tu le vois bien, marchand, je chante !

— Et pourquoi chantes-tu ?

— Parce que c'est mon travail ! De ma source jusqu'à la rivière que je dois rejoindre, c'est un voyage bien fatigant. Je chante pour que ce soit plus facile et pour garder ma cadence.

— Mais ne sais-tu pas que le sultan a interdit la musique dans tout son royaume ?

— Le sultan le plus puissant du monde ne pourra jamais empêcher un ruisseau de chanter.

— Prends garde ! Il pourrait t'engloutir sous des tonnes de pierres et te réduire au silence.

— Peut-être ! Mais je connais bien des chemins pour couler jusqu'à la rivière et le sultan ne pourra jamais les combler tous, gargouilla le ruisseau.

Et le ruisseau continua à glouglouter et à cascader de plus belle,
sans plus se soucier du faux marchand.

Le sultan passa la nuit au bord du ruisseau et réfléchit longuement. Au petit matin, il était prêt à rentrer chez lui.

I rentra dans son palais comme il en était sorti, par la petite porte secrète. Il traversait une cour lorsqu'il entendit une voix d'enfant qui chantait une comptine.

« *Une orange pour un ange*
Un raisin, c'est pas rien
Une prune dans la lune
Une fleur sur ton cœur »

À pas de loup, il se rapprocha de la petite chanson. Sur la pelouse du jardin, une enfant sautait à la corde au rythme de la musique qu'elle venait d'inventer. C'était la plus jeune de ses filles. De tous ses enfants, celle qu'il préférait.

Sans se faire voir, le sultan la regarda un long moment. La petite princesse était aussi gracieuse qu'une alouette, aussi légère qu'un papillon. Ses joues étaient roses et ses longues tresses noires dansaient au son de la musique. Jamais il ne l'avait vue aussi vivante, aussi joyeuse… et il s'attendrit.

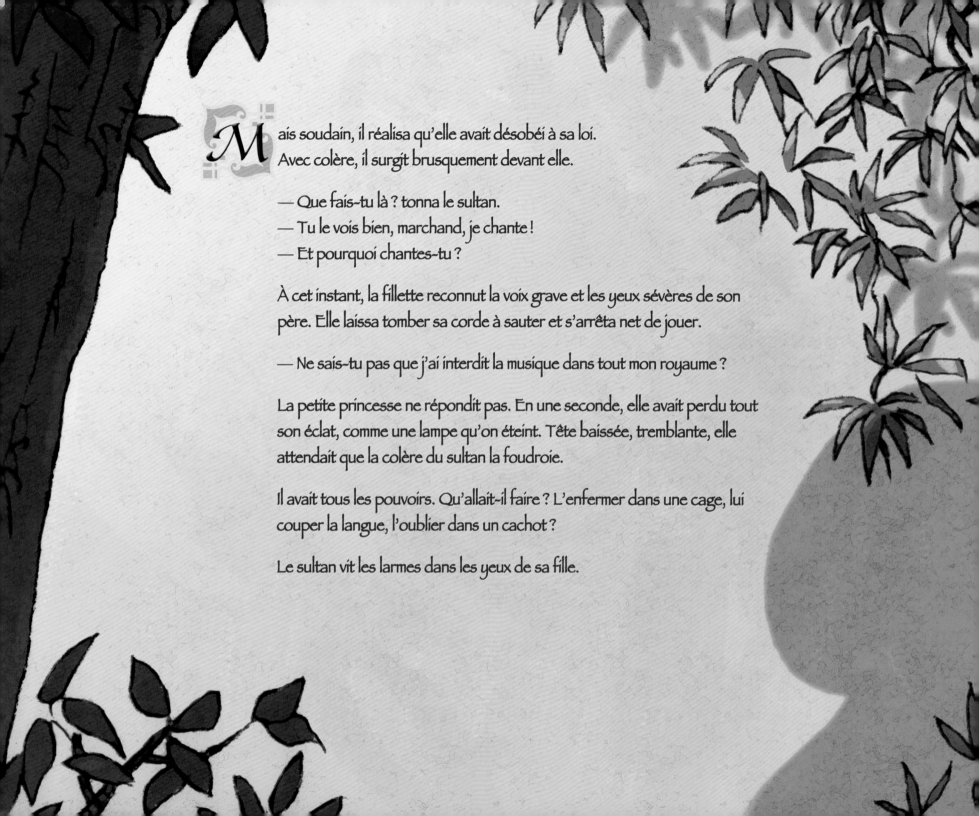

Mais soudain, il réalisa qu'elle avait désobéi à sa loi.
Avec colère, il surgit brusquement devant elle.

— Que fais-tu là ? tonna le sultan.
— Tu le vois bien, marchand, je chante !
— Et pourquoi chantes-tu ?

À cet instant, la fillette reconnut la voix grave et les yeux sévères de son père. Elle laissa tomber sa corde à sauter et s'arrêta net de jouer.

— Ne sais-tu pas que j'ai interdit la musique dans tout mon royaume ?

La petite princesse ne répondit pas. En une seconde, elle avait perdu tout son éclat, comme une lampe qu'on éteint. Tête baissée, tremblante, elle attendait que la colère du sultan la foudroie.

Il avait tous les pouvoirs. Qu'allait-il faire ? L'enfermer dans une cage, lui couper la langue, l'oublier dans un cachot ?

Le sultan vit les larmes dans les yeux de sa fille.

Soudain, du fin fond de sa mémoire, lui revint le souvenir d'une flûte en roseau. Les naïves mélodies qu'il en tirait l'accompagnaient partout lorsqu'il chevauchait dans les grandes prairies de son père. Il se souvint aussi que son cheval accordait son pas au son de la musique et qu'il semblait danser sous les nuages...

Et enfin, enfin, il comprit que l'homme le plus puissant de la terre ne pouvait empêcher un enfant de chanter, un merle de triller, un loup de hurler, un ruisseau de glouglouter... car la vie s'exprimait en milliers de musiques.

Alors, avec un sourire, le sultan ramassa la corde à sauter
et la rendit à la petite fille qu'il aimait.